商人や旅人がはこんできた

# 山口の昔話


再話　黒瀬　圭子

絵　大鷹　進

石風社

商人や旅人がはこんできた　山口の昔話

◉目次

I



II

III

# 商人や旅人がはこんできた　山口の昔話

# I

# 地蔵さまと団子

むかし、あるところに、じいさまとばあさまがなかようくらしておりゃった。

ばあさまは、毎朝、じいさまの好きな団子をこしらえて、膳の上においておった。腹のへったじいさまが、団子を一つ食うては畑仕事にでかけるからじゃ。

そのじいさまが、ある日、ふと団子が毎日一つのうなるのに気づいた。不思議なことがあるもんじゃと、膳の上の団子を見はることにした。いっときすると、皿の中の団子がころりんと一つおちてきて、ころころ、ころころころがって、外へいきやった。

「ばあさや、ばあさや、はよきてみいさい」

ちゅうて、ばあさまを呼ぶと、ふたありで団子を追いかけたそうな。

「じいさよ、いったいどこまでいくそじゃろうかのう」

ばあさまは、腰をさすりながら、じいさまの後をついていった。

すると、山の中の一本道のへりの、地蔵さまのまえで団子がとまった。

「やれやれ」

ばあさまは、腰をかばいながら、道ばたの石の上にしゃがみこんだ。

「じいさや、団子は、なして、こんな山の中の、地蔵さまのところまでころがってきやったんじゃろう」

「それいのう。だーれも、山の中の地蔵さまにお供へもんをせんけえ、腹がへった地蔵さまが、団子を呼びよせたんじゃろう。ナムアミダブツ　ナムアミダブツ」

と、じいさまは地蔵さまに手をあわせた。

そして、団子を拾いあげると、泥をはろうて地蔵さまにさし出した。

「腹がへっちょることでありましょう。どうぞおあがりんさい」

すると、地蔵さまが、

「こりゃあおおきに。うまい団子じゃのう」

ちゅうて、団子をおあがりんされたんと。

団子を食うた地蔵さまが、

「じい、わしの膝へあがれ」

といいやった。じいさまたまげて、

# Ⅰ　地蔵さまとと団子

「地蔵さま、わしのようなじいが、あなたさまの膝へあがるじゃなんぞ、もったいのうてようあがりません。こらえてつかあさい」

　ちゅうて、いっしょうけんめいことわりやったが、「あがれ、あがれ」いうてきいちゃくれません。じいさまは、しかたがないので、地蔵さまの膝にあがりやったと。

　すると、こんだあ、

「わしの肩へあがれ」

　ちゅうちゃった。

「わしのようなじいが、地蔵さまの肩へあがるじゃなんぞ、そればかりはおゆるしくだされ」

　ちゅうて、ことわりやったが、地蔵さまは、「あがれ、あがれ」ちゅうてきいちゃあくれません。じいさまは、おそるおそる地蔵さまの肩へあがりましたと。

　すると、こんだあ、

「わしの頭にあがれ」

　ちゅうて、じいさまの足を持ちあげるんで、地蔵さまが、こねえいうてんには、なにかわけがあるのじゃろうと思うて、

「めんたし、めんたし」

　ちゅうて、頭へあがりやったと。

すると、地蔵さまが、

「じいよ、くろうなったら、ここへ鬼があそびにやってくる。わしが、『よし』ちゅうたら、にわとりの鳴くまねをせえ」

と、いいやった。

そのうち、あたりがくろうなってきて、山のほうから、がやがや、がやがやいうて、なにやらやってきた。ばあさまおそろしゅうなってきて、地蔵さまの後にかくれた。ようみると、青鬼やら赤鬼やら大ぜいやってきて、鬼たちは地蔵さまの前までくると、そこへ座りこんで、わいわいがやがや、なにやらはじめやった。

じいさまはおそろしかったが、地蔵さまがおってじゃから、だいじょうぶじゃとおもうて、地蔵さまの頭につかまっておった。

それから、いっときたって、地蔵さまが、

「よおし」

と、いうちゃったから、じいさまは大きな声で、

「コケコッコー」

と、にわとりのまねをしやった。

ところが、鬼たちはたまげやって、

「はあ、もう朝になったようで、いのう、いのう」

ちゅうて、あわてて山へいんでしもうたと。

じいさまは、ようやく、地蔵さまの頭からおりてあたりを見まわすと、鬼がいんだあとに、お金がざらざらとそこらにちらばっておった。

じいさまはたまげて、地蔵さまのお顔を見あげると、

「鬼がわすれておいていった金じゃ。じいがもってかえれ」

と、いうちゃった。じいさまは、鬼がおいていったお金をよせあつめると、ふところに入れ、

「地蔵さま、ありがとうござりました」

と、手を合わせて、ふるえておるばあさまの手をひいて、家にかえったそうな。

じいさまとばあさまは、大金持ちになって、仲ようくらしておりやった。

ところが、隣のじいが、ふたりの暮らしのようすを不思議に思うて、とうとう、じいさまから団子の話をききだした。

「やれ、わしも、ひともうけしようかい」

と、団子をこしらえてもろうて、それをころころころがして、団子のあとをついていきやった。すると、山の中の一本道のへりの地蔵さまのまえで、団子がとまりやった。

隣のじいは、

「地蔵さま、腹がへったことでありましょう。わしも腹がへっておりますけえ、半分、地蔵さまにあげましょう」

ちゅうて、自分は泥のつかんええほうを食べて、地蔵さまには、泥のついたほうをあげやったと。

地蔵さまは、にがい顔をしていやったが、

「じい、わしの膝へあがれ」

と、いいやった。

「はえ、そうでありますか」

ちゅうと、よろこうで地蔵さまの膝へあがりやったと。そして、また、「肩へあがれ」ちゅうてもないのに肩にあがり、頭にあがりやった。

地蔵さまは、「このばちあたりめ」と思うておいでたけえど、こらえちょった。

そのまに、だんだんあたりがくろうなってきて、隣のじいは、「どいだけ金を持って鬼がくるじゃろうか」と、わくわくして、地蔵さまの頭の上にしがみついちょった。

やがて、山の方がさわがしゅうなって、がやがや鬼たちがやってきて、地蔵さまの前であそびがはじまった。隣のじいが、くらやみの中でよう見やると、お金が山のようにあるのが見えた。

「こりゃあ、もうけたわい」

と、地蔵(じぞう)さまの合図(あいず)もまたんと、

「オケオッオー」

と、声をはりあげてにわとりのまねをしやった。

ところが、にわとりの声がへたじゃったのと、あんまりはようなきやったので、鬼(おに)たちは、

これはおかしいと気がついて、

「こなえだもだましたからに、やっつけろ」

ちゅうことになって、鬼(おに)たちにひどいめにあわされ、なくなく家にもどったんとい。

めんたし……ごめんなさい

いのう……帰ろう

# 猿地蔵

むかし、たいそう仲のええ、じいさまとばあさまが、貧しいながら楽しく暮らしておりやった。

このじいさまは働きもので、毎日、ばあさまににぎりめしをこしらえてもろうて、山へ木を伐りにいった。

ある日、じいさま、いつものように山へいった。

おてんとさまが頭の上にきたので、にぎりめしをたべて、ごろりとねころんだ。そのうちに、いつのまにかうとうとと眠ってしもうた。そこへ、山の奥からやってきた猿たちが、眠っているじいさまをみつけた。

「やや、こんなところに地蔵さまがねてござる。川むこうの山のお堂にはこんで、おまつりしよう」

「それがいい」
「それがいい」

山の猿たちは手車をくみ、眠っているじいさまをその上にのせて、

「わっしょい、わっしょい」

とはこんでいった。

やがて川をわたるとき、猿たちはたのしそうにうたいだした。

「流れははやく水ふかく
　たとえわしらは流されようと
地蔵さまは流すなよ
　ほい　ほい」

いつのまにか目をさましていたじいさまは、片目をあけて、川をわたる猿のようすをうかがっておった。

おかしいておかしいて、じいさまはいまにもふきだしそうになったが、じいっとがまんした。川をわたった猿たちは、じいさまを山のお堂にかつぎこんだ。

すると、猿たちは、

「お地蔵さまにしんぜましょう」

「お地蔵さまにしんぜましょう」

といって、どこから持ってきたのか、お金や餅や米を供えて、おらんようになってしもうた。

じいさまは、ゆっくり立ちあがり、目の前のお供えものをふところへいれた。

「これはありがたい。ばあさまがよろこぶぞ」

じいさまはふところをたたいて山を降りた。

そのあくる日のことだ。

じいさまとばあさまが、きれいな着物をきて、ごちそうをたべていると、となりのばあがやってきた。

「あんれまあ。きょうは正月でもないのに、きれいな着物をきて、ごちそうをたべて、どねえしたのかいな」

と、うらやましそうにたんねた。正直もののじいさまは、きのうのできごとを、いちぶしじゅう話してやった。

となりのばあはよろこんで、

「こりゃあええことを聞かせてもろうた。うちのじいも、山へいってもらおうかい」

と、大いそぎでかえっていった。

となりのばあは、さっそく、じいににぎりめしをこさえてやると、山へいかせた。

なまけもののとなりのじいは、働（はたら）くどころか、おてんとさんは、まだ頭（あたま）の上にきてないのに、にぎりめしをくって、ごろりとよこになった。ねむったふりをして、猿（さる）がやってくるのをまちよった。

そこへ、山の奥（おく）からやってきた猿（さる）たちが、となりのじいをみつけた。

「やや、また地蔵（じぞう）さまがねておられるぞ」

「山のお堂（どう）にまつろうかい」

「それがいい、それがいい」

猿（さる）たちは、また手車をくんで、となりのじいをその上にのせた。

川をわたりはじめると、

「流れははやく水ふかく
たとえわしらは流されようと
地蔵（じぞう）さまは流すなよ

郵便はがき

料金受取人払郵便

福岡中央局
承認

1

差出有効期間
2022年2月28日まで

810-8790

157

（受取人）
福岡市中央区渡辺通二―三―二四
ダイレイ第5ビル5階

石風社

読者カード係　行

**注文書◆** このハガキでご注文下されば、小社出版物が迅速に入手できます。（送料は不要です）

| 書　名 | 定　価 | 部　数 |
|---|---|---|
| | | |
| | | |
| | | |

＊郵便振替用紙を同封しますので、送金手数料は不要です。

# ご愛読ありがとうございます

＊お書き戴いたご意見は今後の出版の参考に致します。

山口の昔話

| |
|---|
| （　　歳） |
| ふりがな<br>ご氏名<br>（お仕事　　　　） |
| 〒<br>ご住所<br>☎（　　） |

●お求めの書店名

●お求めのきっかけ

●本書についてのご感想、今後の小社出版物についてのご希望、その他

月　　日

　ほい　ほい」

と、うたいながら川をわたりはじめた。

となりのじいは、おかしいておかしいて、おなかに力を入れてがまんしているうちに「ぷっ」と屁をひってしもうた。

猿たちはびっくらこいて、

「やや、地蔵さまが屁をひった。こりゃあ、にせもんじゃ　にせもんじゃ」

いきなり手車をといて、となりのじいを川の中になげやった。

どんぶらどんぶら流されて、ようやっと岸にはいあがった。

となりのばあは、かまどに火をたいて、いまかいまかとじいのかえりを待ちよった。

そこへ、ぬれねずみのようなじいが、ぶるぶるふるえながら帰ってきた。

「このばかたれが」

となりのばあはかんかんにおこって、持っていたたきものをふりあげると、じいのお尻をぶったたいたんだって。

# 大つごもり長者（ちょうじゃ）

むかし、長門（ながと）の国の山深（やまぶか）い村に、たいそう貧乏（びんぼう）なじいさまとばあさまがおりやあた。

もうじき正月が来るというのに、餅（もち）を買（か）うお金もない。

「ことしや、どうやって年をとろうかい」

じいさまがぶつぶついうておると、ばあさまがいうた。

「なあ、じいさま。雪よけ笠（がさ）でもこさえて、町へ売りにいったらどうじゃろう」

「おう、それはいい考（かんが）えじゃ」

じいさまよろこうでね、さっそく、ばあさまと二人して雪よけ笠（がさ）をあみはじめた。

夜が明けはじめたころ、十二の雪よけ笠（がさ）ができあがった。ゆうべから降（ふ）りはじめた雪が、まだのんのん降りよった。

夜が明けると、じいさまは、でけただけの十二の雪よけ笠（がさ）を風呂敷（ふろしき）に包んで肩（かた）にせおうと、自分は、ぼろちいやぶけた笠かぶって山道をおりはじめた。

　すると、道端に頭から雪かぶった地蔵さまが立ってござる。

「こりゃあ、さぶかろう」

　じいさまは、地蔵さまの頭やら肩やらの雪をはろうてやると、売り物の笠を一つかぶらせてやった。それから、また、とんぼりとんぼり雪の山道をくだっていると、また、頭から雪かぶった地蔵さまが立ってござる。

「こりゃあ、つべたかろう」

　じいさまは、地蔵さまの頭やら肩やらの雪をはろうてやると、売り物の笠を一つかぶらせてやった。

「なあに、笠はまだ十も残っちょるけえ、ええわ、ええわ」

　そういいながら、じいさまが雪の山道をくだっていると、また、地蔵さまが頭から雪かぶって道端に立ってござる。

　こうして、じいさまは道端の地蔵さまに、売り物の笠ぜんぶかぶらせてしもうた。

　売り物の笠がないようになったじいさまは、しかたなく、せっかくくだってきた山道を帰ることにした。

　とんぼりとんぼり、雪の山道を歩いていると、みすぼらしい小さなばばさまが、よろりよろりと歩いて来るのに出おうた。

「ばばさま、この雪の山道を笠もかぶらずにどこに行きなさる」

とじいさまがたんねると、

「わしゃあはあ、ゆんべから何も食べちょらんので、腹がへって、腹がへって」

と消えいるような声でいいやった。

じいさまは、気の毒に思うて、腰にむすうでおった、ばあさまがこしらえてくれた粟のにぎりめし出してやると、自分がかぶっていたぼろちい雪よけ笠をばあさまにかぶらしてやった。

ばばさま、たいそうよろこうで、

「わしゃあはあ、何にもお礼にあげるものがないが」

といいながら、ふところに手をつっこんで、ごそごそ、何やら探し出して、ぼろちい小さな袋をさし出した。

「こりゃあ　はあ　宝袋ちゅうて、不思議な袋ちゅうことでござりまするが、わしゃあ　まだいちども使うたことはござりません。どうぞ、これをお礼にもろうてくだされ」

というて、そのぼろちい小さな袋を、じいさまのふところに押しこうでくれた。

「ありがとう、ありがとう」

と礼をいうと、ばばさまは町の方へ、じいさまは山の村へと別れて歩きだした。

さて、じいさまが家にもどると、ばあさまはかまどに火たいて、じいさまの帰りを待ちよった。

「ばあさま、ばあさま、今、もどったど」

「はいはい、ご苦労でしたの。笠は売れましたかのう」

じいさまは、お地蔵さまのことや、気の毒なばばさまの話をして聞かせ、

「すまんことじゃった」

というてあやまったんと。

すると、ばあさまは、にこにこ笑うて

「そりゃあ、ええことをしなさった。餅はのうても、おおつごもりに信心したり、情をかけたりしなさったんじゃから、ええ正月が迎えられましよいの」

というて、じいさまとばあさまは、粟めしに菜汁をぶっかけて夕めしをたべると、はやばやと寝床に入ったんと。

やがて、夜が明けはじめたころ、

「よいやさ、よいやさ」

「よいやさ、よいやさ」

と、遠くから掛け声が聞こえてくるんだと。

じいさまとばあさまは目をさまして、聞き耳をたてていると、掛け声がだんだん近づいてきて、家の前でぴたっとやんだ。

「ここじゃ、ここじゃ。情深いじいさまの家はここじゃ」

という声がして、何やら、どさっと物をおいていく音がした。じいさまとばあさまはとびおきて、雨戸をちびっと開けてみると、軒下に、つきだちの餅が山のように置いてあるんだと。

たまげたじいさまが、庭のむこうのほうを見ると、雪あかりの中に、笠をかぶった十二人の地蔵さまの帰っていく姿が見えたんと。

「ありがとう、ありがとう」

じいさまとばあさまは、ひざまずいて、地蔵さまの後ろ姿に手をあわせた。と、そのとき、じいさまのふところから、小さい袋がぽろんと落ちた。

じいさま、すっかり忘れちょったが、笠を売りに行った帰り道で、気の毒なばばさまにもろうた、あのふくろじゃった。

じいさまは、ばあさまと二人で袋の口をあけてみた。

小判が一まい、ぴかぴかと光っておった。

じいさまはたまげて、いそいで袋の口をしめると、

「こりゃあいけん。あのばばさまを探して、返さにゃならん」

と、いいやった。

「そうじゃ、そうじゃ、返さにゃあ」

ばあさまが、もう一度、おそるおそる袋の口をひらいて中をのぞくと、なんと小判が二まいになっちょった。

「じいさま、小判は二まいじゃあ」

ばあさまは、あわてて袋の口をしめた。

「なに？」

じいさまが、また袋の口をあけると、小判が三まいにふえちょった。あけるたんびに小判がふえる宝の袋じゃった。

じいさまとばあさまは、夜が明けると、小判がはいったずっしり重たい袋を抱いて、気の毒なばばさまをさがしに町へ出かけた。

どこを探しても、ばばさまはみつからんじゃった。

「あれもこれも、みんな神さまがおさずけくださったのじゃ。ありがたい、ありがたい」

じいさまとばあさまは、ええ正月を迎えて、それからも、仲ようしあわせに暮らしたんだと。

# 貧乏神

むかし、あるところに、えっと貧乏な爺さと婆さが住んじょったんとい。

子がないふたりは、貧乏じゃったが仲よう暮らしちょったんとい。

ある、年の瀬もおしつまった寒い晩がたに、ぼろぼろの着物を着たみすぼらしい老人がやってきて、

「わしゃあ、みての通りの風体で、ひとが貧乏神じゃあというが、この寒空に、どこへいっても宿せてくれるとこあひとつもない。貧乏神にゃあ用がないちゅうて、どこの家も福の神むかえるちゅうてきれいにかたずけちょって、わしゃあ入りにくい。じゃが、この家ゃあ、見たところえろう荒れてほうとくないで、まこと貧乏らしゅうて、わしが住みつくにゃあもってこいのようじゃ。わしゃあ、来年はずっとこの家に住ませてもらうようにするで、あしたの大つごもりの晩にゃあ、支度してやってこう。ひとつ、宿せてくれよのう」

といいやった。

「へえ、貧乏神(びんぼうがみ)ちゅうのあ、あんたあでござりますかい」

爺(じい)さはたまげやった。

「そりゃあわしとこでも、あんたの宿(やど)せて貧乏(びんぼう)になるのは困るんじゃけど、まあええ、のう婆(ばあ)さや、もともとわしとこあ貧乏(びんぼう)じゃで、この上貧乏(びんぼう)にゃあなるまあで、年の瀬(せ)の寒空(さむぞら)に宿(やど)がないちゅうは、なんぼかお困りじゃろうで、宿(やど)をせてあげよえのう」

ちゅうたんとい。するちゅうと、貧乏神(びんぼうがみ)よろこうで、

「ほう、宿(やど)せてくれてかい。そいじゃあ、あしたの晩(ばん)にゃあどうでも来るでの、頼(たの)んだでよう」ちゅうて、いんでしもうたんとい。

そのあくる日じゃった。

「のう婆(ばあ)さや、なんぼう貧乏神(びんぼうがみ)ちゅうても、神さまは神さまじゃ。きょうは大つごもりじゃあるし、すすをはろうて、ちったあ家のうちもかたずけて、貧乏(びんぼう)の神さまを宿(やど)せてあげよいのう」

ちゅうと、婆(ばあ)さも、

「そうえのう、爺(じい)さのいうとおりじゃあ。いまんまで、うちにゃあ神さまちゅうておいでやったこともない。貧乏神(びんぼうがみ)でも神さまは神さまじゃあ。家のうちそとかたずけて、大つごもりそば

なりと供える支度、やっちょこうえのう」

そこで、爺さと婆さは、家のうちそとかたずけるやら、そば打つやらして貧乏神のやってくるのを待ちよった。

と、晩になって、貧乏神がやってきた。

「ゆんべ頼んじょったで、宿せてもらいにきたでよう」

ちゅうて、貧乏神がやってきたんじゃが、家のうちそと眺めまわすと、じょうにかたずけてあるし、神棚には灯明まであげてある。貧乏神、にわかに気嫌を悪うして、

「おまえのとこぁ、ほうとくないで、貧乏神のこのわしにゃあ、もってこいのええところと思うて頼んじょうたに、きてみりゃあ、家のうちそとかたずけて、神棚にゃあ灯明まであげていやがる。これじゃあ、わしの宿せてもらう家じゃあないわい」

えろう怒りだして、外へ出ていったかと思うと、表から、小石やら泥やら、木ぎれやらどんどん投げこんでいんでしもうた。爺さと婆さは、貧乏神にどなられ、小石やら泥やら木ぎれやら投げこまれたんで、恐れてしもうて、はいかがんでおりやったが、ようやっと貧乏神がいんでしもうたあんばいで、やれやれと思うて顔をあげると、小石やら泥やら木ぎれじゃと思うちょったもんが、小判やら宝物にかわって、そこいら中、ぴかぴかと光っちょったんとい。

どんなに貧乏しちょっても、真心こめて客人を迎えた爺さと婆さに福がさずかったちゅうこ

とい。

ほうとくない……汚い
いんで……帰って
じょうに……きれいに
はいかがんで……はうようにかがんで

# Ⅱ

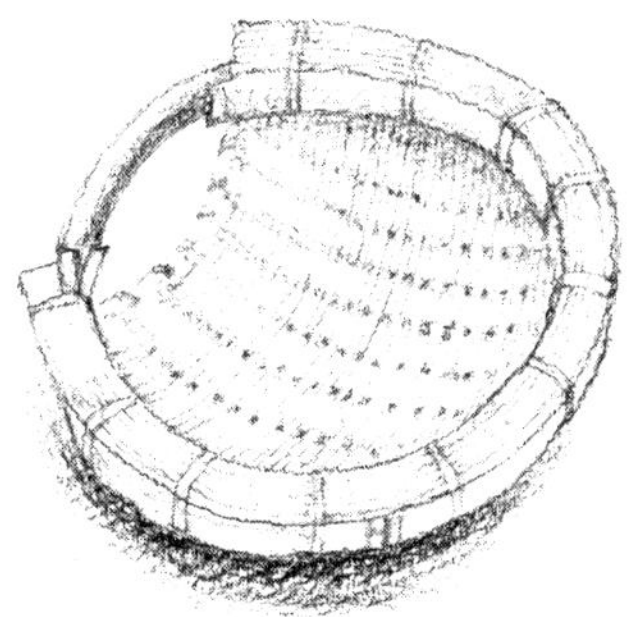

# なあがいなあがい話

むかし、周防国（すおうのくに）に、たいそう話の好きなお殿（との）さまがおられたんとい。

どこそこの爺（じい）やら婆（ばあ）やらが、おもしろおかしい話を知っちょるげなと聞かれたら、すぐ、お供（とも）を二、三人つれて、どこまででもその話を聞きに行きよられたんとい。

そのうちに、お殿（との）さま、たいていの話は聞きつくされて、新しい話をして聞かせても、これは面白いちゅう話がのうなってしもうて、毎日、たいくつしておられたんとい。

なんにもすることのないお殿（との）さまは、ある日、ご家老（かろう）をよんでゆうた、

「このわしが、もうええ、ちゅうほどのなあがいなあがい話をしてくれる者はおらんじゃろうかのう」

それを聞いたご家老（かろう）は、国中におふれを出したんとい。

「お殿（との）さまが、もうええといわれるほどの、なあがいなあがい話をしてくれるものはおらぬか。

お殿さまを満足させてくれるほどの話し上手がおったならば、年貢の取り立てをやめてやろう。その上、ぎょうさんなほうびもつかわすぞ」

　さあ、国中はおおさわぎになって、われもわれもと申し出る話し上手がやってきて、つぎつぎにお殿さまの前に出て話をしてお聞かせするんじゃが、

「もうそれだけか、あとはないのか」

「その話はもう聞きあきた」

　といわれて、引き下がってくる者ばっかりじゃったげない。

　そこへ、ある日、ひとりのこんまい百姓爺がやってきた。

「お殿さま、この爺めが、おしられるとおりに、なあがいなあがい話をいたしまするが、もうええとおしられんようおたのみ申し上げまする」

　というと、退屈していたお殿さまは、

「うん、いわないぞ、いわないぞ」

　ちゅう約束になって、その百姓爺が話はじめたんとい。

「お殿さま、むかしむかしのことでござります。周防港へ千石船が入りましたのでござりまする。その千石船には、蛙の子をいっぱい積んじょったげにござりまする。そいつが、一匹わておかへ上がるのに大そうどうになりましたげな。へえ、まず一匹、かわずの子の子かわずが、

足がやや、手がやや、目キロリッとしちゃあピっととぶ。また一匹、かわずの子の子かわずが、足がやや、手がやや、目キロリッとしちゃあピっととぶ。かわずの子の子かわずが、足がやや、手がやや、目キロリッとしちゃあピっととぶ。かわずの子の子かわずが、足がやや、手がやや、目キロリッとしちゃあピっととぶ。……」

百姓爺はなんぼうたっても、かわずの子の子かわずがちゅうて話すもんじゃけえ、お殿さまやりきれんようになって、

「これこれ爺よ。まだ、そのかわずの子の子かわずが目キロリッとなん

とやらが続(つづ)くのか」

とたずねんされたので、百姓爺(ひゃくしょうじい)が、

「はいはい、お殿(との)さま、千石船(せんごくぶね)いっぱいのかわずの子が一匹わておかへ上がるのでございますけえ、ちっとやそっとじゃぁあがりきれやしません」

ちゅうて、また話しはじめたんとい。

「かわずの子の子かわずが、足がやや、手がやや、目キロリッとしちゃあピっととぶ。かわずの子の子かわずが、足がやや、手がやや、目キロリッとしちゃあピっととぶ。……」

さすがのお殿さまもあきれはてて、

「もうよい、もうよいわ」

と叫んだちゅう。

こねえして、百姓爺(ひゃくしょうじい)は年貢(ねんぐ)をゆるされ、ぎょうさんほうびをもろうて、村へ帰ったちゅうことじゃえ。

おしられる……おっしゃられる

わて……づつ

# かくれみの

むかし、桃太郎が鬼が島から持ってかえった宝物の中に、かくれみのちゅう、不思議な宝物があったんといや。

この、かくれみのちゅうもんは、着ると、たちまち五体がすーっと消える気味のわるい宝物じゃったんだと。

この噂は、たちまち村中にひろがって、盗っ人の耳にはいった。

「しめしめ、あのかくれみのさえあれば、泥棒にはいるのに、なんぼよかろう」

盗っ人は、さっそく、桃太郎の家へかくれみのを盗みにいったんとい。

その晩は、ええぐあいに桃太郎はおらあで、じいさまとばあさまが、よう寝ちょった。

盗っ人は、まんまとかくれみのを盗うできて、それを着ちゃあ、あちらこちらに泥棒にはいったんといや。

ある日、盗っ人は、かくれみのを納屋にかくして、町へ遊びにでかけた。

ところが、その留守に、盗っ人のばあさまが、藁をとりに納屋へいったんとい。藁をひとかかえ抱いて納屋をでると、見たこともないきしゃなげなみのが、藁にひっついてきよった。

「こりゃまあ、どがいしたことじゃろう。きしゃなげなみのなんぞ、焼いてしまえ」

ちゅうて、ばあさまは、おくどさんにくべて焼いてしもうた。

そこへ、盗っ人が町からもどってきよった。

「さてさて、こんやも、かくれみのを着て、ひと仕事しようわい」

と、納屋へいってみると、藁の中にかくしておいたみのがない。

「ばさ、ばさ、わしが納屋にしもうといたみのをしらんか？」

と、たんねると、

「ありゃあ、おまえのじゃったか。あんまりきしゃなげじゃったけえ、焼いてしもうたで」

「なんや！」

盗っ人は、もう腰をぬかさんばかりに驚いた。

「ありゃあのう、かくれみのちゅうて、そいを着ると、五体が見えんようになる不思議な宝物じゃったんぞ」

盗っ人は、じだんだふんでくやしがったが、ふと、考えた。

「あれほどの宝じゃあ。焼けた灰をからだにぬったら、見えんようになるかもしれん」

盗っ人は、裸になると、からだじゅうに糊をぬりつけて、おくどさんの灰を頭からかぶったんといや。

五体は、みるみる消えてしもうた。盗っ人は、よろこうでよろこうで、さっそく、村いちばんの長者屋敷にしのびこうだそうな。

長者屋敷では、仕事がおわった番頭たちが、晩めしを食いよった。

(こりゃあ、ええとこへきた)

盗っ人は、膳の上のごちそうを、ぽいぽいとつまんで口の中へいれた。

驚いたのは長者屋敷の番頭たちで、目の前のごちそうが、つぎつぎと消えてゆく。

番頭たちは、右の番頭をみたり、左の番頭をみたりして、首をかしげておった。

盗っ人は、おかしいておかしいて、おもわず「クスッ」と笑うてしもうた。

そのとき、盗っ人の白い歯が、ちらっとみえたんといい。長者屋敷は大さわぎになった。

「白い歯が笑うたど」

盗っ人は、こりゃあいかんとおもうて逃げだした。

「足の裏が逃げていくぞ」

「そっちじゃ、そっちじゃ」

「こっちじゃ、こっちじゃ」

盗っ人は、長者屋敷をぬけだして、どんどん走った。

橋の上にやってきよった盗っ人は、石にけつまずいて、川の中へどぼーんと落ちた。

灰はみーんな流れてしもうて、真っ裸の盗っ人は、つかまってしもうたんとい。

きしゃなげな……汚い
おくどさん……かまど

# 蛸（たこ）にはなぜ骨（ほね）がない

むかし、竜王（りゅうおう）さまの奥方（おくがた）さまが身重（みおも）になられて、あれがたべたいこれがたべたいとおしられるたんびに、竜王（りゅうおう）さまは魚たちにいいつけられて、奥方（おくがた）さまにたべさせておりましたんとい。ところがある日のこと、奥方（おくがた）さまが猿（さる）の生（い）き肝（きも）がたべたいとおしられて、竜王（りゅうおう）さまはほとほと困（こま）りはてておりやった。

陸（りく）におる猿（さる）を、だれがどうやってつかまえてくるか、魚たちにそうだんしていると、大亀（おおがめ）がのっそりやってきて、

「そりゃあ、わたしでなきゃできますまい。わたしなら海を泳（およ）ぐことも、陸（りく）を歩くこともできますけえ、わたしにおまかせくだされ」

といいやった。

竜王（りゅうおう）さまはよろこんでねぇ、大亀（おおがめ）はさっそく長門（ながと）の国の北浦（きたうら）にやってきやった。

大亀は浜辺にあがって、あっちこっちみまわしていると、浜辺の松の木に一匹の猿がおりましたんとい。

「よーい　猿さんや、あんたぁ　竜宮ちゅうとこ見たことあるかいやあ」

と猿を見あげて話しかけると、

「いいや、話にゃ聞いちょるが、まだこの目でみたこたあない」

とこたえた。

「そんなら、わしがつれていっちゃろう。竜宮ちゅうところは年中春のようで、ご馳走はじようにあるし、ええとこよ、えかったらわしの背中に乗らんかい」

それをきくと、猿は大よろこびで亀の背中に乗りましたと。

こうして、猿が竜宮にきてみると、亀がいうたとおり、春のような温かい気候で、立派な竜宮の御殿がまぶしく輝いちょりましたと。

猿が竜宮の御殿に見とれていると、

「猿さんや、ちょっとここで待っちょいておくれ、お前さんがきたことを竜王さまに申しあげてくるけん」

ちゅうて、亀は、猿を竜宮の門のところに待たせておいて、竜王さまのところに知らせにいきましたんとい。

すると、門番の蛸がするすると猿に近よってきて、

「猿さん猿さん、あんたぁ何にも知らいできよったんじゃろうが、こうこうこういうわけで、もうじき、あんたの肝はぬかれてしまうんじゃよ。気の毒になぁ。ここは海の底じゃけぇ逃げられはせんわい」

ちゅうて、しゃべってしまいましたんとい。

この話を聞いた猿はびっくりぎょうてん。しもうたことをした、こりゃあどうしたらええかと考えておりやったが、亀がもどってくると何くわぬ顔をして、

「亀さん亀さん、わしゃぁたいへんな忘れものをしてきた。海辺の松の木に肝を洗うてほしてきたのを忘れておった。雨が降ると困るけぇ、いんで家の中へいれてきたいのじゃが」

ちゅうと、亀はこれを聞いてたまげた。猿が肝を忘れてきたんじゃあ、わしの役目が水の泡じゃあと思うて、

「そりゃぁたいへんじゃあ、すぐにとりにいこう」

ちゅうて、亀はまた猿を背中に乗せて、長門の北浦にもどってきやった。

「猿さんや、はよう肝をとりいれてきんさい」

ちゅうて、亀は猿を背中からおろしてくれたんとい。

猿はするするっと松の木にのぼり、一番高い枝の上から

「よおい亀さんよ〝海に山なし、身をはなれて胆なし〟ちゅうことを知らんかい」

そう叫んで、松の木のてっぺんで手をたたいて笑いころげていましたそうな。

亀は、しもうた、と思うたが、木に登ることはできないし、今さらどうしようもないので、しおしおと竜宮に帰っていきましたんとい。

竜王さまはかんかんに怒って、

「こりゃぁ、あの門番の蛸がしゃべったにちがいない」

ちゅうことになって、その蛸は、罰として背中から手足の骨まで、体中の骨を全部ひきぬかれて、とうとう今のような姿になったそうですい。

じょうに……たくさん

# うすうすまわれ　うすまわれ

むかし、周防の国のある村に、心のやさしい庄屋さん夫婦がおりゃあた。

この夫婦にはこどもがいなかったので、村の人たちの面倒をよく見て仲よう暮らしておったんとい。

この庄屋さんの家には、代々伝えられてきた宝の石臼があったんとい。

庄屋さんが、

「うすうすまわれ、うすまわれ」

とやさしく臼をなんでると、石臼から真っ白い塩が、さらさら　さらさらとなんぼうでも出てくる不思議な石臼であったんとい。

庄屋さんは、その塩を惜しみなく村人にわけてやったから、村人は塩にはことかかず、裕福な暮らしがでけておったんとい。

「こりゃあ　村の宝じゃあ」

というて、庄屋さんはふだんは絹の布に包んで倉の中へしもうておったんとい。

ところが、ある日のこと、この不思議な石臼の噂をきいた隣の国の庄屋さんがやってきた。

「わたしは、隣の国の与佐衛門と申すものでござるが、不思議な石臼の噂をきいてたんねてまいった。どうか、わたしにその石臼を拝ませてくださらぬか」

と頼んだんとい。

心のやさしい周防の国の庄屋さんは、わざわざ隣の国からやってきた客人を喜んで迎え、倉の中へ案内したんとい。

絹の布に包んでだいじにしまわれていた石臼であったが、布をとってみるとどこにでもあるふつうの石臼であった。周防の国の庄屋さんがやさしく石臼に手をふれて、

「うすうすまわれ、うすまわれ」

というと、石臼はゆっくりまわりはじめて、真っ白い塩がさらさらさらさらと流れるように出てきたんとい。

これを見た与佐衛門は、噂どおりの石臼を目にして、驚くやらうらやましいやら、そのうちに、ふっと悪い心がおこって、この石臼が欲しゅうなった。しかし、与佐衛門は、

「ほんに立派な宝物を拝ませてもろうて、冥加につきもうした」

とあつく礼をいうと帰っていったんとい。

ところが、その晩のこと、供につれてきた若者を周防の国の庄屋さんの屋敷にしのびこませ、まんまと石臼を盗み出させたんとい。

さて、首尾よく石臼を手に入れてはみたものの、石臼をかついでの道中は人目につきやすい。いつ追ってがかかるかもわからんので、与佐衛門と若者は、海から舟で逃げ出すことにしたんとい。

浜辺にくると、都合よく小舟が一そう岸につないであったんで、石臼を舟に積み込んで岸をはなれた。

「ぎいっこ、ぎいっこ」

櫓をこぐと、やがて、周防の国がはるか遠くになった。

「やれやれ、もうここまでくりゃあ安心じゃ」

与佐衛門は、早速、石臼をまわしてみとうなった。周防の国の庄屋さんがしていたとおりに、そっと石臼に手をおくと、やさしい声で、

「うすうすまわれ、うすまわれ」

といって石臼をなんでてみたんとい。

石臼は難なくまわりはじめて、真っ白い塩がさらさらさらさらと流れるようにでてきたんと

い。

「でたぞでたぞ、みごとなもんじゃ」

与佐衛門はよろこうでよろこうで、石臼から出てくる塩をすくいあげては、

「もっとでろ、もっとでろ」

と叫んだんとい。

そのうちに、塩はどんどんでてきて、舟の中は塩だらけになった。いつのまにか、舟は塩の重みでかたむきはじめたんとい。

「旦那さん、はよう臼をとめなさらんと、舟が沈みますじゃあ」

若者の叫ぶ声に、はっと気づいた与佐衛門は、あわてて臼にしがみついたが、どうしてよいかわからず、

「うすよとまれ、うすよとまれ」

と叫んだが、周防の国の庄屋さんが、どうやって臼をとめたのかみておらんじゃった。

若者もいっしょになって臼にしがみつき、

「うすよとまれ、うすよとまれ」

と叫んだが、臼はまるで生きもののように、ぐるぐるぐるぐるまわるばかりであったんとい。

そのうちに、塩はみるまに舟にあふれ傾きはじめた。与佐衛門がようやっと塩の中から立ち

上がった時、舟はぐらっとゆれて、二人は海に放り出され、石臼は、ぐるぐる　ぐるぐるまわりながら海の底に沈んでいったんとい。

与佐衛門と若者は、ひっくりかえった舟の腹に抱きついて、

「助けてくれえ、助けてくれえ」

と叫んでいたが、真夜中の海には釣り舟一そうでておらず、波にもまれて流されていったそうな。

その、海の底に沈んだ石臼が、今でもまわり続けておるから、海の水は塩からいんだとい。

# Ⅲ

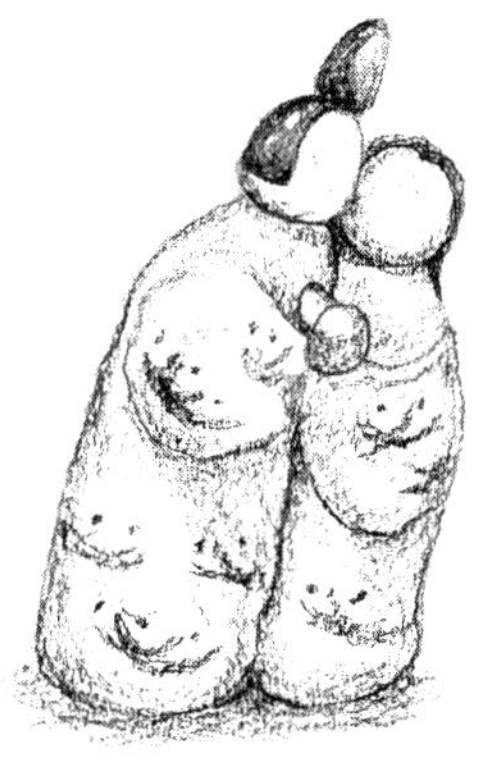

# たにしの姉妹

むかし、周防の国のある村に、二人の若い兄弟が住んでいました。

父と母ははやくに死んで、他に身寄りのない兄弟は村の人たちに助けられて大きくなりました。今では、立派な若者になって、父と母が残した田畑を耕して仲良く暮らしていました。

ある日のこと、兄弟は水をはった田んぼに出て田植の準備をしていました。すると、弟が田んぼの隅で小さな田螺を見つけました。玉虫色をしたなんとも美しい田螺を二つ、弟は持って帰って流しのすみで飼うことにしました。

「たにしやたにし、ここから外に出ると、お前たちはさぎや鳥の餌にねらわれてしまう。けっして、ここから出てはいかんぞ」

兄弟は口ぐちに田螺にそういうては、毎日、田んぼへでかけていきました。

それから何日かたって、いつものように弟が夕飯の支度に帰ってみると、驚いたことに、もうすぐにでも食べられるように夕飯の用意がちゃんとできあがっていました。誰が用意してくれたのかとあたりを見まわしましたが、誰もおりません。今までこんなことは一度もありませんでしたから、弟は不思議に思いましたが、兄さんにはそのことをいわず、何ごともなかったかのようにその晩は寝てしまいました。

あくる日の夕方、弟は前の日より早く帰ってきて、そーっと家の中の様子をうかがいました。味噌汁のにおいがぷーんとにおってきて、お釜にはご飯がふつふつと煮えておりました。けれども、やはり誰の姿も家の中には見あたりません。

兄さんが田んぼから帰ってくると、弟は、もうかくしておれなくなって、この不思議なできごとを話して聞かせました。

つぎの日、こんどは兄さんと一緒にいつもよりずっとはやく田んぼから帰ってきました。家のそばの柿の木にのぼり、家の中の様子をじっとうかがっておりました。

すると、

「お姉さん、そろそろ夕飯の支度をはじめましょう」

という声がして、流しの方でゴトゴト水仕事の音がしてきました。しばらくすると、おいし

い味噌汁のにおいが流れてきて、娘の歌うきれいな声が聞こえてきました。

　あら　そろたそろたと
　早乙女さんがそろた
　あら　だれが早乙女さんの
　かしらやら　あら　かしらやら

兄弟は急いで柿の木からすべりおりると、家の中をのぞきました。

美しい二人の娘が、流しもとでせっせと働いておりました。

「あんたたちは、いったいどこの誰だい」

兄弟はおもわず大きな声を出しました。

はっとふりかえった二人の娘は、歌をやめ、どうしようとあわてふためいて顔を見合わせているばかりでした。

「あんたたちは、どこからきたのかい」

兄さんがやさしくたずねました。

「はい、わたしたちは、この村の向こうの山を越えた里の者です」

と、姉娘の方が答えました。

「どうしてここへ、きのうもおとといも、それも夕方になるとくるのかい」

# 石風社（せきふうしゃ）

〒810-0004 福岡市中央区渡辺通 2-3-24 ダイレイ第5ビル 5F
☎ 092（714）4838　FAX 092（725）3440
URL：www.sekifusha.com　Mail：stone@sekifusha.com


## 出版案内 2021.05

＊価格は本体価格(税別)で表示しています。

画・甲斐大策

山本作兵衛 画　王塚跣 原作
絵本 **筑豊一代**
978-4-88344-303-1　A4判上製／32頁／21・5
作兵衛さんが描いた一坑夫の生涯——炭鉱で亡くなった1万人をこえる坑夫の殉職者と炭鉱で働いたすべての労働者の名誉と尊厳のために　ユネスコ「世界の記憶」登録10周年記念出版　1500円

アンナ・チェルヴィンスカ・リデル著　田村和子訳
**窓の向こう**　ドクトル・コルチャックの生涯
978-4-88344-301-7　A5判上製／211頁／21・5
〝子どもと魚には物事を決める権利はない〟——そんなポーランドの厳格なユダヤ人家庭に育った少年は、なぜ子どもたちのために孤児院を運営する医師となり、ともにガス室へと向かったのか　1500円

安岡　真
**三島事件その心的基層**
978-4-88344-298-0　四六判上製／333頁／20・11
三島事件から50年。その深層を読み解く。20歳の三島は兵庫で入隊検査を受けるが、若き軍医の誤診で帰京。自分の入隊すべき聯隊はその後フィリピンで多くの戦死者を出したと、終生思い込んだが……2500円

西野旅峰（りょお）
**旅にでて日々ひとを好きになる**　ヨーロッパ・アフリカ大陸縦断自転車ひとり旅
978-4-88344-299-7　A5判上製／356頁／20・12
欧州最北端からアフリカ南端・喜望峰まで——自転車を漕いで人の世界を見つめ続けた末、悲しいほど愚かな部分を持ち合わせながら、それでも人間は捨てたものではないと思うようになっていく旅の軌跡　2200円

石牟礼道子
**［完全版］石牟礼道子全詩集**
978-4-88344-292-8　A5判上製／444頁／20・2
時空を超え、生類との境界（あわい）を超え、石牟礼道子の吐息が聴こえる。02年度芸術選奨文部科学大臣賞受賞『はにかみの国』大幅増補。新たに発掘された作品を加え、全一一七篇を収録する四四四頁の大冊　3500円

＊価格は本体価格(税別)です。定価は本体価格＋税です。

＊小社出版物を直接小社宛にご注文下されば、代金後払いにて送本致します(送料不要)。
＊小社出版物が店頭にない場合には、「地方小出版流通センター」扱いとご指定の上、最寄りの書店にご注文下さい。

＊価格は本体価格(税別)で表示しています

中村　哲
ペシャワールにて［増補版］癩そしてアフガン難民
978-4-88344-050-4
四六判上製／261頁／92・3

数百万人のアフガン難民が流入するパキスタン・ペシャワールで、ハンセン病患者と難民の診療に従事する日本人医師が、高度消費社会に生きる人々に向けて放った痛烈なメッセージ

【8刷】1800円

中村　哲
ダラエ・ヌールへの道　アフガン難民とともに
978-4-88344-051-1
四六判上製／323頁／93・11

一人の日本人医師が、現地との軋轢、日本人ボランティアの挫折、自らの内面の検証等、血の噴き出す苦闘を通して、ニッポンとは何か、「国際化」とは何かを根底的に問い直す

【6刷】2000円

中村　哲
医は国境を越えて
＊アジア・太平洋賞特別賞受賞
978-4-88344-049-8
四六判上製／355頁／99・12

貧困・戦争・民族の対立・近代化——世界のあらゆる矛盾が噴き出す文明の十字路で、ハンセン病治療と、山岳地帯の無医村診療を、十五年に亘り続ける一日本人医師の苦闘の記録

【9刷】2000円

中村　哲
医者　井戸を掘る　アフガン旱魃との闘い
＊日本ジャーナリスト会議賞受賞
978-4-88344-080-1
四六判上製／285頁／01・10

「とにかく生きておれ！　病気は後で治す」。最悪の大旱魃が襲ったアフガニスタンで、現地住民、そして日本の青年たちと共に千の井戸をもって挑んだ医師の緊急レポート

【14刷】1800円

中村　哲
辺境で診る　辺境から見る
978-4-88344-095-5
四六判上製／251頁／03・5

「ペシャワール、この地名が世界認識を根底から変えるほどの意味を帯びて私たちに迫ってきたのは、中村哲の本によってである」（芹沢俊介氏）。一日本人医師の思考と実践の軌跡

【6刷】1800円

中村　哲

## 医者、用水路を拓く

アフガンの大地から世界の虚構に挑む

＊農村農業工学会著作賞受賞

978-4-88344-155-6　四六判上製／377頁／07・11

「百の診療所より一本の用水路を！」。戦乱と大旱魃のアフガニスタンで、千六百本の井戸を掘り、全長約二十五キロの用水路を拓く。真に世界の実相を読み解くために記された渾身の報告

【9刷】1800円

中村哲＋ペシャワール会編

## 空爆と「復興」　アフガン最前線報告

＊在庫僅少

4-88344-107-5　四六判並製／478頁／04・5

破壊と欲望が、復興と利権が野合するアフガニスタンの地で、日本人医師と青年達が、米軍による空爆下の食糧配給支援から用水路建設まで、修羅の舞台裏で記した四年間の実録

【2刷】1800円

甲斐大策

## 生命の風物語　シルクロードをめぐる12の短編

4-88344-038-9　四六判上製／270頁／99・3

「読者はこの短編小説集に興奮する私をわかってくれるだろうか」（中上健次氏）。苛烈なアフガンの大地に生きる人々、生と死、神と人が灼熱に融和する世界を描き切る神話的短編小説

1800円

甲斐大策

## シャリマール　シルクロードをめぐる愛の物語

4-88344-037-0　四六判上製／271頁／99・3

イスラム教徒でもある著者による、美しいイスラムの愛の物語集。玲瓏たる月の光の下、禁欲と官能と聖性、そして生と死の哀しみに満ちた世界が、墜落感にも似た、未知の快楽へと誘う

1800円

甲斐大策

## 聖愚者の物語

4-88344-103-2　四六判上製／292頁／03・9

最も神に近い人々——愚かさと高貴に満ち、剛毅で嘘つきで裏切り、信じ、戦い、命で贖う。灼熱の大地に流離う男・女・老人・子供・難民・職人・族長……魂揺さぶる四十七の掌篇小説集

1800円

＊価格は本体価格（税別）で表示しています

辻信太郎

## デューラーと共に

ネーデルラント旅日記

978-4-88344-297-3　四六判上製／263頁／20・11

五百年の時を超えた、オランダ・ネーデルラントとの出会いの旅――〈目次〉デューラーと共に『ネーデルラント旅日記』を読む／水の都の街角で――晩秋のアムステルダム／『レンブラントの世紀』を読む　他　**2000円**

渡辺京二

## 細部にやどる夢

私と西洋文学

978-4-88344-207-2　四六判上製／187頁／11・12

少年の日々、退屈極まりなかった世界文学の名作古典が、なぜ、今読めるのか。ディケンズ、ゾラからブルガーコフ、オーウェルまで、小説を読む至福と作法について明晰自在に語る評論集　**1500円**

工藤信彦

## わが内なる樺太

外地であり内地であった「植民地」をめぐって

978-4-88344-170-9　四六判上製／311頁／08・11

一九四五年八月九日、ソ連軍が樺太に侵攻。戦争終結後も戦闘と空爆は継続され多くの民衆が犠牲となった。十四歳で樺太から疎開した少年の魂が、樺太の歴史を通して国家とは何かを問う　**2500円**

八板俊輔

## 馬毛島漂流

978-4-88344-257-7　四六判上製／218頁／15・10

種子島西方に浮かび、日米安保の渦の中で〝漂流〟を続ける馬毛島。種子島在住の元新聞記者が、島に渡り、歩き、喰い、時には遭難して知った孤島の今を、短歌と写真を添えて伝えるルポルタージュ　**1600円**

富樫貞夫

## 水俣病事件と法

4-88344-008-7　A5判上製／483頁／95・11

水俣病問題の政治的決着を排す一法律学者渾身の証言集。水俣病事件に置ける企業、行政の犯罪に対し、安全性の考えに基づく新たな過失論で裁判理論を構築、未曾有の公害事件の法的責任を糺す　**5000円**

成元哲 編著　牛島佳代／松谷満／阪口祐介 著

**終わらない被災の時間**　原発事故が福島県中通りの親子に与える影響（ストレス）

978-4-88344-250-8　四六判上製／281頁／15・3

放射能と情報不安の中、幼い子供を持つ母親のストレスは行き場のない怒りとなって、ふるえている——。避難区域に隣接した中通り地区に住む母親を対象としたアンケート調査の分析と提言　1800円

---

内田良介

**子どもたちの問題　家族の力**

978-4-88344-278-2　四六判上製／265頁／18・2

子どもたちは無意識の底で「それはちがう」とささやく。不登校、非行、性的虐待、発達障害。子どもたちが抱えたさまざまな問題に、大人はどう向き合ったか。元児童相談所職員がまとめた子どもと家族の物語　2000円

---

ジェローム・グループマン 著　美沢惠子 訳

**医者は現場でどう考えるか**

978-4-88344-200-3　A5判上製／313頁／11・10

「間違える医者」と「間違えぬ医者」は、どこが異なるのか。診断エラーを回避するために臨床現場での具体例をあげながら、医師の「思考プロセス」を探索した刺激的医療原論のロングセラー　【7刷】2800円

---

冨田江里子

**フィリピンの小さな産院から**　＊在庫僅少

978-4-88344-226-3　四六判上製／287頁／13・4

近代化の風潮と疲弊した伝統社会との板挟みの中で、多産と貧困に苦しむ途上国の人々。フィリピンの最貧困地区に助産院を開いて十三年、苦闘の日々から人間本来の豊かさを問う　【2刷】1800円

---

工藤信彦

**職業としての「国語」教育**　方法的視点から

978-4-88344-290-4　四六判上製／267頁／19・9

こんなに濃密で知的刺激に充ちた国語の授業があったのだ。国語の力とは書く力のことである。日本語という文字を言葉として記すことのできる力である。個性育成、主体性重視を、生徒にのみ求める概念論は論外　1800円

*価格は本体価格(税別)で表示しています

藤田洋三
# 鏝絵(こて え)放浪記
978-4-88344-069-9　四六判並製／306頁／01・1

壁に刻まれた左官職人の技・鏝絵。その豊穣に魅せられた一人の写真家が、故郷大分を振り出しに日本全国を駆け巡り、中国・アフリカまで歩き続けた、二十五年の旅の記録
【3刷】2200円

藤田洋三
# 世間遺産放浪記　俗世間篇
978-4-88344-208-9　A5判変型並製／304頁／07・4

それは、暮らしと風土が生んだ庶民の遺産。建築家なしの名土木から、職人の手技が生んだ造作意匠、無意識過剰な迷建築まで、心に沁みる三〇六遺産をオールカラーで紹介する第二弾！

2700円

小林澄夫
# 左官礼讃
978-4-88344-077-1　四六判上製／429頁／01・8

専門誌「左官教室」の編集長が、左官という仕事への愛着と誇り、土と水と風が織りなす土壁の美しさを綴り、殺伐たる現代文明への批判、潤いの文明へ向けての深い洞察を記す
【8刷】2800円

小林澄夫
# 左官礼讃 II　泥と風景
978-4-88344-171-6　四六判上製／272頁／09・5

左官技術の継承のみならず、新たなる想像力によって、心の拠り所となる美しい風景をつくる。深い洞察と詩情あふれる感性によって綴られた左官職人の「バイブル」第二弾
【2刷】2200円

ティンドラ・ドロッペ 絵・文　*在庫僅少
# 北欧やすらぎ散歩　スケッチで旅するデンマーク
978-4-88344-209-6　A5判並製函入／144頁／11・12

人々が満ち足りて暮すデンマークに六年通った著者が描く街の見どころ、かわいいもの、素朴な暮らし。「誰もがなんとなく、でも確かに感じている〝一番大切な何か〟にきっと気付く」(山村光春氏)
1900円

吉川　敦

## 〈進学校〉校長の愉（たの）しみ　久留米大学附設での9年

978-4-88344-275-1　四六判上製／309頁／17・10

「不健全な業界人」でなく「健全なる素人」をめざせ――数学者が、不思議な縁で〈進学校〉の校長となり、若者たちと向き合い考えた。目次／附設と現代史／昔の校長先生／拙見―浅薄であること 他　2000円

福元満治

## 出版屋（ほんや）の考え休むににたり

978-4-88344-215-7　四六判上製／285頁／12・7

出版屋のおやじが、どじょうやなまずのように川底から世界を眺むれば、そこに何が見えるのか。Ⅰ 私は営業が苦手だ Ⅱ 博多バブル前後 Ⅲ 石牟礼道子ノート Ⅳ なぜかアフガニスタン他　【2刷】1800円

エステル石郷 文・絵　古川暢朗 訳　＊在庫僅少

## ローン・ハート・マウンテン　日系人強制収容所の日々

A4判変型並製／138頁／92・8

〝パール・ハーバー〟に対する報復として、日系人十一万人が強制収容所に抑留された。日系人の妻として三年余の収容所生活を送った白人の画家が、百十枚のスケッチと文章で綴った感動の画文集　2000円

臼井隆一郎

## アウシュヴィッツのコーヒー　コーヒーが映す総力戦の世界

978-4-88344-269-0　四六判上製／282頁／16・10

ドイツという怪物をコーヒーで読み解く。独自の視点で論じる西欧（ヨーロッパ）文化論。「アウシュヴィッツなしには西欧人がアフリカ人にしたことは決して理解できなかっただろう」（アルフレッド・メトロー）【2刷】2500円

宮崎静夫

## 十五歳の義勇軍　満州・シベリアの七年

4-88344-192-1　四六判上製／278頁／10・11

十五歳で満蒙開拓青少年義勇軍に志願し、十七歳で関東軍に志願。敗戦そして四年間のシベリア抑留を経て帰国し、炭焼きや土工をしつつ、絵描きを志した一画家の自伝的エッセイ集　2000円

＊価格は本体価格（税別）で表示しています

松浦豊敏

## 越南（えつなん）ルート

978-4-88344-202-7

四六判上製／255頁／11・10

華北からインドシナ半島まで四千キロを行軍した冬部隊一兵卒の、戦中戦後を巡る自伝的小説集。戦争を生きた人間の思念が深く静かに鳴り響く、戦争文学の知られざる傑作

1800円

---

斉藤泰嘉

## 佐藤慶太郎伝　東京府美術館を建てた石炭の神様

978-4-88344-163-1

四六判上製／335頁／08・5

日本のカーネギーを目指し、日本初の美術館を建て、戦局濃い中「美しい生活とは何か」を希求し続けた九州若松の石炭商の清冽な生涯。「自分一代で得た金は世の中んために差し出さにゃ」

【2刷】2500円

---

毎日新聞西部本社報道部

## 写真でたどる福岡県の戦後75年

978-4-88344-295-9

A5判変形並製／231頁／20・11

空襲・敗戦・進駐軍・引揚・炭鉱・公害・新型コロナ―記者と市民が撮った231点の写真で綴る福岡県の戦後。昭和30年前後に駐留米軍が撮影したカラー写真など資料としても貴重なカットを多数掲載

1500円

---

毎日新聞西部本社報道部

## 北九州市　50年の物語

978-4-88344-228-7

A5判変型並製／200頁／13・4

二〇一三年二月で市制五十周年を迎えた北九州市。六二年の五市合併から現在まで、忘れられない出来事や事件を、当時の貴重な報道写真とともにふりかえる、半世紀のタイムトラベル

【3刷】1500円

---

毎日新聞西部本社報道部

## 北九州市　戦後70年の物語

＊在庫切れ

978-4-88344-248-5

A5判変型並製／206頁／15・1

終戦から七十年、五市合併から五十一年、秘蔵写真も発掘して、北九州の光と影をドキュメントする。『50年の物語』続編。戦中、戦後の節目に撮影された貴重な写真約180点を収録

【2刷】1500円

毎日新聞西部本社

**熊本地震** 明日（あす）のための記録

B5判変型並製／220頁／17・3

978-4-88344-272-0

＊在庫僅少

行政もメディアも市民も「想定外」の連続震度7。——甚大な被害を蒙した熊本地震の最中、人々は生きる為に、懸命に動いた。現場に即した記事と写真で市民生活からインフラまでの被害と対応の諸相に迫る　**1800円**

---

長妻靖彦

**北九州の底ぢから** ［現場力］が海図なき明日を拓く

A5判上製／619頁／14・2

978-4-88344-240-9

公害・鉄冷えの街から世界環境首都へ——。北九州という、情にあつく、人間臭い町で、モノづくりを原点とする経済活動を担ってきた経営人100人に、その要諦と本音を聞いたインタビュー集　**3500円**

---

西日本文化協会 編　日野文雄 責任編集

**明治博多往来図会（ずえ）** 祝部至善（ほおりしぜん）画文集

四六判上製／426頁／96・11

4-88344-016-8

＊在庫僅少

往来で商う物売りたちの声、辻々のざわめき、庶民の暮らしと風俗が、いま甦る。驚嘆すべき記憶と、大和絵の細密な筆致で再現される明治の博多。「よい時代に生まれた幸せそのものだった」（服部幸雄氏）　**5000円**

---

阿部謹也

**ヨーロッパを読む**

四六判上製／507頁／95・10

4-88344-005-4

「死者の社会史」「笛吹き男は何故差別されたか」から「世間論」まで、ヨーロッパにおける近代の成立を解明しながら、世間的日常と近代的個に分裂して生きる日本知識人の問題に迫る阿部史学のエッセンス　**【3刷】3500円**

---

加藤知弘

**バテレンと宗麟の時代**

四六判上製／426頁／96・11

4-88344-016-8

＊在庫切れ

**地中海学会賞／ロドリゲス通事賞受賞**　戦国時代、それはキリスト教文明との熾烈な格闘の時代でもあった。アジアをめざす宣教師たちの野心が、豊後府内の地で大友宗麟の野望とスパークする　**3000円**

＊価格は本体価格（税別）で表示しています

池田善朗
地形から読む　筑前の古地名・小字（こあざ）
978-4-88344-222-5　四六判並製／248頁／13・2
薬院＝泥地。警固＝崩壊地。呉服町＝湿地。筑紫＝丘陵。漢字以前のヤマトコトバの音韻と現地の自然地形をベースに、消えた大字（おおあざ）・小字（こあざ）、類似する地名まで細かく調査。旧筑前エリア四五〇ヶ所の由来を解く　1900円

安達ひでや
笑う門（かど）にはチンドン屋
4-88344-117-2　四六判並製／246頁／05・2
漫談少年がロックにかぶれ、上京するも挫折。保証をかぶって火の車。日銭稼ぎに立った大道芸の路上で、運命の時はやってきた。全日本チンドンコンクール優勝の親方が綴る裏話満載のエッセイ集　1500円

浅川マキ
こんな風に過ぎて行くのなら
4-88344-098-2　四六判上製／212頁／03・7
ディープにしみるアンダーグラウンド――。「夜が明けたら」「かもめ」で鮮烈にデビューするも、常に「反時代的」であり続けた歌手。その三十年の歳月を、時代を、そして気分を照らし出す、著者初のエッセイ集【3刷】2000円

ちづよ　作
ゲンパッチー　原発のおはなし☆子どもたちへのメッセージ　＊漫画
978-4-88344-286-7　A5判上製／305頁／19・8
ゲンパツってなんだろう？　原子力発電所はどんな仕組みで、どんなエネルギーを作り出すの？　どうして大人は原発を選ぶの？　子どもにも理解できる脱・原発ファンタジー　**小出裕章氏推薦**　1500円

のえみ　作
ちがうものをみている　特別支援学級の子どもたち　＊漫画
978-4-88344-287-4　A5判上製／142頁／19・8
特別支援教育に携ってきた著者が、子どもたちの生き生きとした日常を、それぞれの子どもたちの目線で描く。この子どもたちを知れば、世界はもっとゆたかになれる。ちがうものが見えるって、すごくない⁉︎　1200円

前山光則 編

## 淵上毛錢詩集　増補新装版

978-4-88344-258-4　A5判上製／214頁／15・11

「生きた、臥た、書いた」——水俣が生んだ夭折の詩人が、死の床に臥して十五年、死を見すえつつ生の瑞々しさを謳う。「ぼくが／死んでからも／十二時がきたら　十二／鳴るのかい」（「柱時計」）　**2200円**

---

うしじまひろこ

## 博多っ娘詩集　いきるっちゃん

978-4-88344-204-1　A5判変型上製／106頁／11・11

女の子の気持ちを唄った博多弁詩集。「詩ば書いたら、博多弁になったと！」。たのしいこと、かなしいこと、くやしいこと、いろいろあるばってん、きょうもあたしはいきるっちゃん！　**1300円**

---

みずかみかずよ 文　長野ヒデ子 絵

## ごめんねキューピー

4-88344-125-3　A5判変型上製／84頁／05・7

戦争中、親戚に引き取られていた女の子。駄菓子屋さんにならんだキューピー人形に心をうばわれ、つい、お金もはらわずに……。父を亡くし母をも失った女の子の心の葛藤を鮮やかに描いた名作　**1500円**

---

水上平吉

## かずよ　一詩人の生涯

978-4-88344-237-9　四六判上製／200頁／13・9

ひとりの詩人がみずみずしく甦る。小学校の国語教科書に多くの詩が掲載されたみずかみかずよ（北九州市民文化賞受賞）。五十代の若さで逝った詩人の生涯を人生の同伴者が綴る　**1500円**

---

バーサンスレン・ボロルマー 作　長野ヒデ子 訳

## モンゴルの黒い髪

**＊絵本**　**＊在庫切れ**

4-88344-115-6　A4判上製／32頁／04・11

**04年国民文化祭・絵本大会グランプリ受賞**　敵は邪悪な四羽のカラス。武器もない女たちが草原と家族を守った——。モンゴルの伝統民話を題材に、色彩豊かに描かれた作者の絵本第一作　**【3刷】1300円**

＊価格は本体価格（税別）で表示しています

バーサンスレン・ボロルマー 作　長野ヒデ子 訳

## ぼくのうちはゲル　＊絵本

4-88344-134-2　A4判上製／32頁／06・4

**05年野間国際絵本原画コンクールグランプリ受賞**　宿営地を求め家畜と共に草原を旅するモンゴル移動民の四季のくらしを細密な筆致で描く。日本語版から、英語・仏語・韓国語・中国語に翻訳出版　**【2刷】1500円**

イヴォナ・フミエレフスカ 作　田村和子・松方路子 訳

## ブルムカの日記　コルチャック先生と12人の子どもたち　＊絵本

978-4-88344-219-5　A4判変型上製／65頁／12・11

ナチス支配下のワルシャワで、コルチャック先生は孤児たちと共に暮らしていた。悲劇的運命に見舞われる子どもたち。その日常とコルチャック先生の子どもへの愛が静かに刻まれた絵本　**【2刷】2500円**

なかがわ もとこ 文　スタシス・エイドリゲーヴィチュス 絵

## アウスラさんのみつあみ道　＊絵本

978-4-88344-252-2　A4判上製／32頁／15・4

おだやかな大地を、ある日、大きな嵐が襲い、小熊のユルギスは空に飛ばされてしまいます――リトアニアに生まれ、ポーランドを拠点に活動する画家が描き出す、幻想的でリアルな再生の物語　**1500円**

ジュールズ・ファイファー 作　れーどる&くれーどる 訳

## あたしのくまちゃんみなかった？　＊絵本

978-4-88344-182-2　A4判変型上製／40頁／10・7

**ニューヨークタイムズ最優秀絵本賞受賞**　とっても大切なくまのぬいぐるみをなくしちゃった女の子。どこを探しもみつからない！　ピューリッツァー賞受賞作家が描いた、全米ベストセラー絵本　**1300円**

アビゲイル&エイドリアン・アッカーマン 作　飼牛万里 訳

## おかあさんが乳がんになったの　＊絵本

978-4-88344-147-1　A4判上製／33頁／11・6

乳がんになって髪の毛が抜けてしまったおかあさん。家族、友人、みんなに支えられた闘病生活を、九歳と十一歳の娘たちが描いたドキュメント闘病絵本。病気が家族の絆をより強くした！　**1500円**

佐木隆三 文　黒田征太郎 絵　＊在庫僅少

## 昭和二十年 八さいの日記　＊絵本

978-4-88344-196-9　A4判上製／32頁／11・7

「ぼく、キノコ雲を見たんだ」――八歳だった佐木隆三氏が少年の心象を記し、七歳だった黒田征太郎氏が渾身の気迫で絵を描いた。平和と命への希求が描かれた〈イノチの絵本〉【2刷】1300円

黒田征太郎 作

## 火の話　＊絵本　＊在庫切れ

978-4-88344-206-5　A4判上製／33頁／11・12

火の神から火をあたえられたニンゲンたちと神は一つの約束をした。「火を使って、殺し合いをしてはならぬ」。戦争から原子力発電まで、宇宙や神話という永い時間の中で考える絵本　1300円

近藤等則 文　黒田征太郎 絵

## 水の話　＊絵本

978-4-88344-213-3　A4判上製／33頁／12・7

水は宇宙からやってきた。そして地球上の生命は全て水から生まれた――。黒田征太郎と世界的トランペッター近藤等則とのコラボレーションから生まれた、水と命の長い長い物語　1300円

小泉武夫 文　黒田征太郎 絵

## 土（つち）の話　＊絵本

978-4-88344-225-6　A4判上製／33頁／13・3

フクシマの土が阿武隈（あぶくま）弁で人間文明を告発する。「こりねでまだ放射能なんていじりまわしたらよ、今度こそ何もかも終りだもんない」。『火の話』『水の話』に続く第3弾　1300円

黒田征太郎 絵　ふくもとまんじ 文

## 岩になった鯨（くじら）　＊絵本

978-4-88344-214-0　B5判変型上製／32頁／12・7

ひとは、心のどこかにまぼろしをかかえて生きています。これは、あなたの心にすむ鯨と龍の物語です――。旅する鯨が天空に舞う龍に心を奪われた！　大人も子どもも楽しめるファンタジックストーリー　1200円

＊価格は本体価格(税別)で表示しています

ごとうひろし 文　なすまさひこ 絵

## なんでバイバイするとやか？　＊絵本

978-4-88344-160-0　A4判上製／42頁／08・3

養護学校に通う中学二年のてつお君はいつもバイバイしながらよってくる。「なんでバイバイするとやか？」と小学三年のきんじ君。表と裏の表紙から始まる、瑞々しい心と心が出会う「魔法の絵本」　**【4刷】1500円**

ながのひでこ 作

## とうさんかあさん　＊絵本　＊在庫僅少

978-4-88344-131-0　A4判上製／32頁／05・12

**第一回日本の絵本賞文部大臣奨励賞受賞**　「とうさん、かあさん、聞かせて、子どものころのはなし」。子どもの好奇心が広げる、素朴であったかい世界。ロングセラーとなった長野ワールドの原点　**【2刷】1400円**

長野ヒデ子 編著　右手(うて)和子／やべ みつのり 著

## 演じてみよう つくってみよう 紙芝居

978-4-88344-234-8　A5判並製／128頁／13・6

日本で生まれた紙芝居が、いま世界中で大人気。紙芝居は観るだけでなく、自分で演じて、そして作ってみると、その面白さがぐんと深まります。紙芝居の入門書。イラスト多数　**【3刷】1300円**

長野ヒデ子

## ふしぎとうれしい　＊在庫切れ

4-88344-064-8　四六判並製／278頁／00・8

「生きのいいタイがはねている。そんなふうな本なよ」（長新太氏）。使い込んだ布のようにやわらかなことばで、絵本と友をいきいきと語る、絵本日本賞作家・長野ヒデ子初のエッセイ集　**【3刷】1500円**

岩崎京子

## 熊の茶屋　街道茶屋百年ばなしシリーズ

4-88344-118-0　四六判並製／222頁／05・3

熊を茶店の名物にしようと芸を仕込む主を描いた表題作から、建具職人に奉公する姉弟の健気な姿を描いた「姉弟」まで、東海道を舞台に、庶民生活の哀歓を清々しい筆致で描いた短編時代小説集　1500円

岩崎京子

**子育てまんじゅう**　街道茶屋百年ばなしシリーズ

4-88344-119-9　四六判並製／224頁／05・3

子育て観音にあやかった饅頭を商う、参道の土産物屋の姉妹の暮らしを描いた表題作をはじめ、文化文政期の東海道・鶴見村と周辺の宿場町の生活風景をさわやかな筆致で描く。シリーズ第二弾　１５００円

---

岩崎京子

**元治（げんじ）元年のサーカス**　街道茶屋百年ばなしシリーズ

4-88344-120-2　四六判並製／286頁／05・3

来航した異人の珍道中から、軽業師の一座とサーカスの出会いを描いた表題作まで、〈御一新〉の嵐に翻弄されつつも清々しく生きる庶民の生活を活写した短編時代小説集第三弾！　１５００円

---

岩崎京子

**久留米がすりのうた**　井上でん物語

978-4-88344-156-3　四六判並製／208頁／07・12

久留米がすりの始祖・井上でん。祖母の機織りを手伝いながら、好奇心のかたまりとなった少女が、天才発明少年と共に、可憐な「久留米がすり」の技法を完成させるまでの前半生を描いた長編小説　１５００円

---

井上佳子

**三池炭鉱「月の記憶」**　そして与論（よろん）を出た人びと

978-4-88344-197-6　四六判上製／255頁／11・7

囚人労働に始まった三井三池炭鉱百年の歴史。与論出身者、中国人、朝鮮人など、過酷な労働により差別的に支配されながら、懸命に働き、泣き、笑い、強靭に生き抜いた人々を描く　**【2刷】**１８００円

---

農中茂徳

**三池炭鉱　宮原社宅の少年**

978-4-88344-265-2　四六判上製／256頁／16・6

昭和30年代の大牟田。炭鉱社宅での日々を少年の眼を通して描く。「宮原社宅で育った自分史が希少な地域史となり、三池争議をはさむ激動の社会史の側面をもっている」（東京学芸大学名誉教授　小林文人）**【3刷】**１８００円

2021.5 30,000

＊価格は本体価格（税別）で表示しています

農中茂徳

## だけど だいじょうぶ 「特別支援」の現場から

978-4-88344-281-2 四六判上製／240頁／18・6

三池の炭鉱社宅で育った少年が「特別支援」学校の教員になった。「障害」のある子どもたちと、くんずほぐれつ、心を通わせていった一教員の実践と思考の軌跡――「我在り ゆえに我思う」

**1800円**

浅野美和子

## 野村望東尼（ぼうとうに） 姫島流刑記 「夢かぞへ」と「ひめしまにき」を読む

978-4-88344-283-6 A5判上製／540頁／19・4

筑前勤王党二十一人が自刃・斬罪に処せられた慶応元年の乙丑（いっちゅう）の獄。歌人野村望東尼も連座。糸島半島沖の姫島に流罪となる――本書は、望東尼直筆の稿本を翻刻し注釈を加えた流刑日記

**3800円**

あごら九州 編

## あごら 雑誌でつないだフェミニズム 三部作

Ⅰ 978-4-88344-266-9 Ⅱ 978-4-88344-267-6 Ⅲ 978-4-88344-268-3 A5判上製／Ⅰから335・355・374頁／16・11

一九七二年～二〇一二年の半世紀にわたり、全国の女性の声を集め、個の問題を社会へ開いた情報誌『あごら』とその運動の軌跡。主要論文をまとめた一・二巻、『あごら』の活動を総括した三巻の三部構成

**各2500円**

三毛（サンマウ） 著 妹尾加代 訳

## サハラの歳月

978-4-88344-289-8 四六判上製／496頁／19・12

その時、スペインの植民地・西サハラは、モロッコとモーリタニアに挟撃され、独立の苦悩に喘いでいた――台湾・中国で一千万部を超え、数億の読者を熱狂させた破天荒・感涙のサハラの輝きと闇

**2300円**

宮内勝典

## 南風（なんぷう）

978-4-88344-288-1 四六判上製／191頁／19・9

**第16回文藝賞受賞作** 夕暮れ時になると、その男は裸形になって港の町を時計回りに駆け抜けた――辺境の噴火湾が小宇宙となってひとの世の死と生を映しだす。著者幻の処女作が四十年ぶりに甦る

**1500円**

と、こんどは弟が何もかも知っているというようにたずねました。

すると、

「はい、わたしたちは、この間、田んぼからあなたたちにつれて帰っていただきました田螺の姉妹でございます」

と、妹娘が答えました。

驚いた兄弟がいろいろたずねますと、姉妹は田螺になった身の上話を聞かせてくれました。

この姉妹は、山ひとつ越えた里の裕福な家の娘たちでした。小さい時からなに不自由なく育てられた二人は、わがままな娘になり、年ごろになると、あれはいや、これはいやと両親のいうことを聞かず、針仕事も洗濯も炊事の手伝いもしない娘になっていました。

思いあまった母親が、つい、

「そんなわがままな娘は、田んぼの田螺にでもなるがええ」

と、いったのです。

姉妹は口を揃えて、

「なんの、田螺になってもええわいな」

と口ごたえをしました。

すると、たちまち姉妹は田螺の姿になり、土の上をはいずりはじめたのです。

母親は、もうびっくりして泣くばかりです。

やがて、噂は里中にひろがり、はずかしくてたまらない二人は、山ひとつ越えたこの村の田んぼにやってきたというのです。

さぎや鳥にいつたべられてしまうのかと、田んぼの中で恐ろしい不安な毎日をおくっていたとき、あなたたちに救われたのです。

毎日、朝早くから仕事に出てゆく仲の良い二人の兄弟をみているうちに、何か恩返しをしなくてはと考えました。

不思議なことに、夕方になると田螺の私たちは人間の姿にかえっているのです。そこで、疲れて帰ってくる兄弟さんたちに、夕飯の支度をしようと二人で台所に立ちました。家で母さまにさからってばかりいましたが、兄弟さんたちのご飯をつくるのが嬉しくて、おもわず歌をうたっておりました。


これを聞いた兄弟はあわれに思い、村の恵比寿さまに、

「姉妹の姿をもとの人間にかえしてください」と、願をかけることにしました。

毎朝、毎晩、二人の兄弟はそろって恵比寿さまにお参りにいきました。

ちょうど満願の日、兄弟はおなじ夢を見たのです。

「働き者で心の優しい二人にめんじて、田螺の姉妹を人間にかえしてやろう」

と、恵比寿さまの夢のお告げがあったのです。

目が覚めると、美しい二人の姉妹が台所で朝飯の支度をしていました。

兄弟は、姉妹が支度をしてくれた朝飯を食べると、いそいそと田んぼに出かけてゆきました。

里に帰った姉妹は生まれかわったように真面目によく働き、二人の兄弟を思うようになりました。

二人の兄弟もまた、美しい姉妹のことを忘れられず、稲穂が実るころ嫁もらいに出かけてゆきました。

姉妹それぞれ兄弟とめでたく縁組をして、末長く幸せに暮らしたということです。

# 見るなの座敷

むかし、あるところに、なんとも貧乏な若者が、山の村でひとりで暮らしていました。

親はなし、兄弟もなし、貧乏な若者のところに嫁にきてくれる娘はおりませんでした。

毎日、鍬をかついで山の畑にでかけると、少しばかりの畑を耕してさびしい暮らしをしていました。そんな若者のたったひとつの楽しみは、春になると庭の梅の木にやってくる一羽の鶯でした。

まだ冷たい春の朝、「ホーケキョ、ケキョ」と幼い声で若者を呼びました。

「おお、ことしもきたか」

若者は、少しばかりの粟を手の平にのせて、いそいそと庭に出ました。

「ほれ、朝めしだぞ」

鶯は「ケキョ、ケキョ」と鳴いて、若者の手の平にのって粟をついばみました。そんな一日は、鍬をふりあげる手に力が入りました。まるで、いとしい娘を待つように、春は若者の待ち遠しい季節でした。

ところが、ある年の冬のこと、いよいよ暮らしのやりくりもつかないままに、都に出てどこかの屋敷に奉公しようと心にきめました。

気になるのは、毎年春になるとやってくる鶯のことでした。若者は、梅の木の下でつぶやきました。

「しばらくお前とは会えんが、こんなに貧乏になってはどうしようもない。わしは、これから遠い都に行くことにするので、春になったら、わしはおらんでもこの木にやってきて、村のもんを喜ばせてくれよ」

つぎの朝、若者は村を出ました。

二日、三日と旅をつづけ、四日目の日が暮れかかった時、ちらちらと雪が降りはじめました。風も吹きはじめました。あたりは一面の枯野原で、宿をかりようにも一軒の家とてみあたりません。

そのうちに、日はとっぷりとくれてしまいました。

「こんな寒い晩になったが、今夜はどうしたらよかろうか」

と思案にくれながら、とぼとぼと足をひきずって歩いていました。

その時、はるかむこうの方に、ぽっと明かりが見えました。どうやら家の明かりのようです。若者は、ほっとすると急に元気がでてその明かりにむかって歩いていきました。近づいてみると、藁屋根にしては立派な家でした。

若者はかけよって戸をたたきました。

「旅の者でござります。この雪に行きくれて困っております。どうか今夜ひと晩、せめて軒端なりともおかしくださりませぬか」

必死に頼みました。

すると、美しい若い女の人がでてきて、

「それはお困りでしょう。よくお立ち寄りなされました。さあさあ、どうぞお上がりくださいませ」

と、若者の手をとって座敷へ案内してくれました。

家の中に入ってみると、たいそう立派なお屋敷でした。部屋のかずは、一つや二つではないのです。

やがて女の人は、かぞえて五つ目の部屋に若者を案内しました。そこには、立派な調度品がおかれていて、若い旅の男が入るのをためらうほどです。

「さあさあ、ご遠慮なくおはいりくだされ。すぐに食事の用意をいたします。しばらくお待ちくだされ」

女の人はしとやかに挨拶すると、どこかへさがってゆきました。それっきり家の中はひっそりとしています。不思議なことに、女の人のほかには誰ひとりいるような気配がないのです。

「はて、こんな大きな家に女の人がひとり住いとは……」

若者は不安になり、あたりをきょろきょろ見まわしていました。と、そこへ襖が開いて、さっきの女の人がご膳をはこんできました。それは、貧しい若者がはじめてみるたいそうなご馳走でした。

今までの不安も忘れ、若者はすすめられるままに、何杯も何杯もおかわりしてお腹がいっぱいになるまで食べました。

こうして、その晩、若者はその家に泊めてもらうことになりました。女の人がしいてくれた夜具も立派なものでした。若者は、ただもう夢みる心地で、ふっくらした夜具に包まれると、どっと眠ってしまいました。

翌朝になると、また女の人がはいってきて、朝のご馳走をはこんでくれました。

そして、

「私は、これから出かけなくてはなりませせぬ。そのあいだ、この家の留守番をしてはいただけませぬか」

といって頼みました。

若者は、べつにいそぐ旅でもないので承知すると、それではと女の人は数ある部屋を案内しはじめました。どの部屋もなかなか立派なものでした。ちょうど十番目にあたる一番奥の座敷までくると
「これまでの部屋は自由に使っていただいてもよろしゅうございますが、この座敷だけはどういうことがあっても決してあけて見ないでくだされ」

といって、女の人は出かけてゆきました。

昼になると、若者は、隣の部屋に用意されていた食べ物を食べたり飲んだりして、のんびりと一日を過していました。

ようやく日が暮れかかったころ、女の人は帰ってきました。

「おさびしいことだったでしょう。すぐに夕飯の仕度をいたします」

といってさがると、その晩もたいそうなご馳走がはこばれてきました。

若者は、その晩も泊まることにしました。そして、その次の日もまた次の日も、女の人は若者に留守番を頼むとどこかへ出かけてゆきました。

こうして、若者は、毎日同じような繰り返しの日をおくり、ひと月ほどの日はまたたくまに

過ぎてゆきました。

そうしたある日のこと、若者は、あの女の人が開けてはいけないといった座敷を、無性に開けてみたくなりました。そう思うと、ひと月もの間、女の人の言われるままに暮らしていた自分がふとおかしくなりました。

「そうじゃ、留守の間にそっと開けてみるくらい、何もわかりゃあせんじゃろう。これほどの家じゃから、ひょっとすると、金銀宝物でも仰山しもうてあるのかもしれん」

若者は、とうとう十番目の座敷の戸を開けてしまいました。

ところが、どうでしょう。

そこには座敷はなく、ただ一面の草原が、まだ冬枯れた草のままで風に吹かれて果てしなく続いているだけでした。

「なあーんじゃ、ただの草っ原じゃないか」

若い男は、期待はずれにがっかりしてしまいました。

すると、その時です。はるか遠くの方から消え入るような人の泣き声が聞こえてきました。はっとして若者が聞き耳をたてていると、その声がだんだん近づいてくるのです。

やがて、ぼうぼうと広がる枯草の中から、その朝も出かけていった女の人が姿をあらわし、家の中に入ってきました。

「あれほどお願いしておりましたのに、あなたはとうとうこの戸を開けてしまいましたね。わたくしは、人間ではありません。毎年、春になるとあなたにかわいがってもらった鶯でございます。あなたが貧乏になって都にのぼられる途中のご苦労を気の毒に思い、春の女神さまにお願いして天のお屋敷をお借りし、せめて春になるまでの間、ここにお泊めしようと思っていたのです。あなたは、私との約束を破ってしまわれました。この座敷は、春の女神さまが春の野原にお出ましになる尊いお座敷口なのです。女神さまが私におかしくださる時に、ここだけは使わないよう、戸を開けてけがさないようにときびしく言いつけられました。その約束を破ったからには、もう女神さまにお返ししなくてはなりません。お名残り惜しいことですが、それではこれでお別れいたしましょう」

そういって女の人は泣きくずれました。

すると、あたり一面にもうもうと霧が立ちこめてきて若者をすっぽりと包んでしまいました。気がつくと、霧はすっかり消えていて、美しい女の姿も立派な屋敷もあとかたもなく、若者は枯野の真っただ中につっ立っていました。

## 粟福御寮

むかし、周防の国のある村に、二人の娘がおりました。姉娘の方の母親ははやく死んで、継母が妹娘をつれてやってきたのです。

継母は自分の娘ばかりかわいがって、姉娘にはつらい仕事をさせていました。自分の娘に米をつかせるときには、姉娘にはもみのはげにくい粟をつかせ、水汲みに行くときは、大きな桶を姉娘に持たせるというふうでした。ところが、この二人の娘はとても仲がよくて、妹娘は、母親に内緒で、そっと姉娘の仕事を手伝っていました。

秋のある日のことです。

継母は二人の娘にそれぞれ大きな袋をわたし、山へ栗を拾いに行かせました。ところが、姉娘の袋には大きな穴があいていました。

二人は揃って山へ行きました。けれども、拾っても拾っても姉娘の袋には栗がたまりませんでした。日が暮れはじめると、妹娘の方の袋には、栗がいっぱいになりました。

「姉さま、日が暮れはじめたので、もう帰りましょう」と声をかけたのですが、

「わたしの袋には、まだ半分くらいしか栗が入っていないから、袋がいっぱいになるまで栗を拾います。あなたは先にお帰りなさい」

といって栗拾いをやめようとしません。妹娘はしかたなく一人で山をおりました。

姉娘は、それからまた山の奥の方へと栗を拾いながら歩いていきました。気がつくとあたりはもう真っ暗でした。栗の袋はいつまでたってもいっぱいにならず、心細くなってしくしく泣いていました。

と、遠くの方にちらちらと灯がみえました。その灯をめざして歩いていくと、一軒の破れた小さな家がありました。とんとんと戸を叩くと、立てつけの悪い戸ががたぴしと音をたてて開き、中から小さな婆さまがでてきました。

姉娘はほっとして、

「ばばさま、わたしは栗拾いにきて道に迷ってしまいました。どうか、今夜一晩泊めてください」と頼みました。

　すると、婆さまは、

「ここは、あんたのくるところではない。鬼の宿ですのじゃ。もうじき鬼が帰ってくる、はや

くお帰りなされ」と戸をしめようとしました。姉娘は、もう疲れて一歩も歩けないと涙をためて頼みました。

「それでは泊めてあげるが、鬼が帰ってきておそろしゅうなっても、けっして声を出してはならぬぞ」といって、姉娘を押し入れの中へかくしてくれました。

姉娘は、婆さまにいわれた通り、息をころして押し入れの中で寝ていました。

やがて、どしんどしんと地ひびきをたてて、鬼が帰ってきました。

「ああ、えろう腹がへったぞ、婆、飯はでけてるか」

といってせきたてました。

ところが、鬼は鼻をくんくん鳴らして、

「やや、人臭いぞ人臭いぞ、婆、人間がいるな」とたずねました。

婆は、

「なんの、なんの、こんな山奥に人なんぞくるもんかい」

と、とぼけた返事をしましたが、

「いや、今晩はえろう人臭い。どうやら押し入れの方から臭ってくる」

と鬼がいいます。そこで、婆がいいました。

「そりゃあ、そのはず。お前さんが、この前里からさらってきた娘っ子の着物を葛籠に入れて押し入れにしまってあるわい、それで押し入れの方が人臭いのさ。人臭いのがすかんようなら、あしたにも葛籠を始末しておくよ。つまらんことを気にせずと、酒でも飲んで寝ることじゃ」

と、ごまかして鬼にご馳走と酒をすすめ、酔わせてしまいました。

あくる朝、姉娘は山鳥の声で目が覚めると、婆さまが押し入れを開けてくれました。鬼は、もうどこかへ行っておりませんでした。

「さあ、はやく、お家へお帰り。おまえの袋の底に穴があいとったから縫うておいた。この道を南の方へ行くと里に出る。栗を拾いながら帰るといい」

姉娘は、昨夜のお礼をいうと、無事村に帰りました。

そのうちに、里の秋祭がやってきました。ことしの秋祭には、若殿さまが嫁さがしにやってくるという噂が流れて、村の娘たちは着飾って祭に行きました。

継母は、自分の娘にだけ晴れ着を着せて祭につれて行きました。姉娘は、ひとり家に残して栗をつかせていました。

すると、あの鬼の宿の婆さまが、大きな葛籠をかついで訪ねてきたのです。

「婆さま」

姉娘はびっくりして言葉も出ませんでした。婆さまは、重たい葛籠をどっこいしょと縁側に

おろすと、

「おまえも、秋祭に行きたいじゃろう。粟は、わしがついておくけえ、おまえも行ってくるといい」

婆さまは葛籠の中から美しい着物を出して、姉娘に着せてくれました。

どこかのお姫さまかと思えるほど美しい娘になり秋祭に行きました。

お宮の境内には着飾った村の娘たちが、いまかいまかと、若殿さまの参詣を待っていました。

姉娘がお宮にお詣りしていると、母親につれられた妹娘が、すぐ姉さまをみつけました。

「かかさま、ほら、あそこに姉さまがお詣りにきている」

と姉娘の方に指をさしました。

「なんであの娘が出てこようぞ。あれは家で粟をついているはずじゃ」

というて、母親は本気にしませんでした。

その時、お宮の境内がさわがしくなりました。どうやら、若殿さまが家来をつれて拝殿に近づいてきたようです。姉娘は、あわてて人混みにかくれようとしました。ところが、若殿は、美しい姉娘に目をとめ、

「これ、あの娘はどこの娘じゃ、つれてまいれ」

と家来に命じました。

家来のものが姉娘の方へ向かって行くと、姉娘は、はっとおどろいて人混みをかきわけて逃げていきました。その時、姉娘はかんざしを一つ落としていました。

家来は、姉娘が落としたかんざしを拾い、これを若殿さまに差しだして、

「あの娘が落としていったかんざしにございます。これをたよりにしらべてみましたらば、きっとどこのだれの娘かわかりましょう」

と申し上げました。

一方、姉娘はあわてて家に帰ると、美しい着物をぬいでつぎだらけの仕事着に着替えました。婆さまは、だまって粟をついていました。

「婆さま、おかげさまで楽しい祭にお参りができてありがとうございました」

とお礼をいうと、婆さまはようやっと顔をあげて、

「それはよかった。葛籠の着物は全部お前にやろう。天井裏にでもかくしておくがよい」

というて、婆さまは帰ってゆきました。

婆さまがついてくれた粟をかたづけていると、継母と妹娘が帰ってきました。

「姉さま、きょう、お祭りでとてもきれいな人を見かけたけれど、姉さまにそっくりじゃったよ」

と、楽しい祭のようすや、立派な若殿さまの話をしてくれました。

それからしばらく日がたって、国のお殿さまからおふれが出されました。

「若殿に嫁をとるにあたって、この国中の若い娘に一番よい着物を着せてお城にくるように。その中から若殿の嫁を選ぶ」

というものでした。

そこで、国中の若い娘をもつ親は、わが子こそ若殿のご寮さまにと娘を着飾らせてお城へつれてゆきました。

継母は妹娘に晴れ着を着せてお城へつれてゆきました。姉娘には、いつものように家で粟をつかせお城へは出しませんでした。

さて、若殿さまはお城に集まった若い娘をひとりひとり見ていかれましたが、あの祭の日に見染めた美しい娘はみあたりません。

そこで、若殿さまは、

「国中の娘は、ここに集まっている者だけか」

と聞きただしました。

すると、妹娘は、家にいる姉さまを思い出し、

「わたしの姉さまが家におりまする」

といいました。

「なぜここへ来ない」

と若殿さまがたずねられると、娘は、

「姉さまは家で粟をついておりまする」

と答えました。

若殿さまは、

「すぐ、その娘をつれてこい」

と家来に命じました。

家来は、粟をついているという姉娘をつれに行きました。

姉娘はつぎはぎだらけの仕事着を着て粟をついていました。しかし、うつむいて粟をついている娘の横顔は、家来をはっとさせるほど美しい娘でした。

姉娘は、家来から若殿さまの命令を聞くと、天井裏にかくしておいた葛籠の中から、着物をとりだして着がえ、お城にむかいました。

若殿さまは晴れ着を着た姉娘を見ると、

「おお、祭の日に見たのはこの娘じゃ」

といわれました。

そして、その髪には二つさすはずのかんざしが一つしかないので、祭りの日に家来が拾っていたかんざしを出してくらべてみると、娘がさしているものと全く同じものでした。

若殿さまは、

「やっぱり、あの祭の日の娘じゃあ」

と大そうよろこばれ姉娘の肩にそっと手をおかれました。

こうして姉娘は、とうとう若殿さまのご寮さんに迎えられることになり、それからは、仲むつまじく幸せに暮らしたということです。

# あとがき

昭和三十六年（一九六一年）、長門一の宮という農村に嫁いできました。牛小舎に、めん羊が五頭いました。関門海峡に停泊する外国船の需要に応えて、食肉用として村で飼っていたのだそうです。釣瓶で水を汲み、五右衛門風呂の焚口にしゃがんで薪を燃やす営みは、まるで民話の世界でした。

ご近所に、藤岡セツさんという明治三十二年生まれのおばあさんがおられました。いつも縁側で日向ぼっこをしておられるので、つい、会釈をしたのがご縁でお知り合いになりました。

「十六歳でお嫁にゆきましたよ。でも、すぐに戻ってきました」。それは美しいおばあさんでした。子どもの頃によく歌ったというかぞえ唄や、浦島太郎の唄を歌ってくれました。貝がらの裏に色を塗って、同じ色を合わせる貝あそびを教えてくださったり、笹舟をつくって小川に流し、笹舟を追って一緒に川べりを歩きました。

昭和五十年、農村だった私たちの町に新幹線の駅ができました。山がけずられ、田畑が埋めたてられ、工場やビルが建ちはじめました。静かな農村の風景が一変しました。

数十年の歳月がたって、もう、伝承の語り部はいません。語りの文化を失ってはいけないと、私は、山口の昔話を子どもたちに語ってきました。

昭和五十八年、日本民話の会に所属して、採訪の面白さや語りの楽しさに触れました。そして、かつて、商人や旅人によって、文化が世界中に運ばれていることに気づきました。

山口には、山口で生まれた独自の昔話と、商人や旅人によって運ばれてきた話がこの地に根づき、口から口へと語り継がれてきた昔話があります。

「シンデレラ」の話を、いつ、誰が山口の地に置いていったのか「粟福御寮（あわふくごりょう）」という話になって語られています。「猿の生き胆」の話が、「蛸にはなぜ骨がない」という話になって語られています。私は、山口で生まれた独自の話よりも、商人や旅人が運んできた話の方に興味があって、小学校のふるさと学習や読書週間に招かれて語ってきました。

語りの世界を子どもたちに楽しんでほしい。

語りの文化を若い世代に繋いでいきたい。

そんな思いから、これまで、子どもたちに語ってきた山口の昔話を出版することにしました。

大鷹絵画教室の子どもたちに、町の昔話を紙芝居にしていただいたり、金子みすゞの詩画展を開いたりと、大変お世話になった大鷹進画伯に、表紙・さし絵・カットを描いていただきました。

本当にありがとうございました。

石風社の福元満治さんは、下関市民合唱団の合唱組曲『白いなす』を絵本にしてくださった方です。安心して編集を委ねることができました。素的な本を作っていただいて、ありがとうございました。

二〇二一年五月吉日

参考資料
　ふるさと叢書
　松岡利夫　編著『周防長門の昔話』山口県教育会刊

初出
　児童文学同人誌「小さい旗」
　一三九号――一四七号に掲載

**黒瀬　圭子（くろせ・けいこ）**

1933年　北九州市門司に生まれる
1950年　北九州市小倉到津遊園園長、阿南哲朗氏に口演童話・創作を学ぶ
1976年　下関市立勝山公民館に母と子の図書館「あおやま文庫」開設
1979年　日本民話の会に所属。民話の採訪・再話・語りを学ぶ
1980年　全国童話人協会所属・久留島武彦氏の功績を顕彰し、口演童話の実践をはじめる
1992年　下関市芸術文化振興奨励賞受賞
2010年　久留島武彦文化賞受賞
　　　　日本児童文学者協会会員
　　　　児童文学同人誌「小さい旗」同人
著書に『白いなす』（石風社）「いっしょにあそぼ」（国土社）「先生のきいろいパンツ」（岩崎書店）他

**大鷹　進（おおたか・すすむ）**

1944年　下関生れ
1998年　下関市芸術文化振興奨励賞受賞
2008年　行動美術賞受賞
　　　　損保ジャパン奨励賞受賞
2020年　山口県文化功労賞受賞
現在　行動美術協会会員


商人や旅人がはこんできた
山口の昔話

二〇二一年七月十日初版第一刷発行

再話　黒瀬圭子
絵　大鷹進
発行者　福元満治
発行所　石風社
福岡市中央区渡辺通二―三―二十四
電話　〇九二（七一四）四八三八
ＦＡＸ　〇九二（七二五）三四四〇
http://sekifusha.com/

印刷製本　シナノパブリッシングプレス



価格はカバーに表示しています。
落丁、乱丁本はおとりかえします。
ISBN978-4-88344-304-8 C8093

＊表示価格は本体価格。定価は本体価格プラス税です。

ながのひでこ［作］
## とうさんかあさん　＊絵本
**第一回日本の絵本賞文部大臣奨励賞受賞**　「とうさん、かあさん、聞かせて、子どものころのはなし」。子どものみずみずしい好奇心が広げる、素朴であったかい世界。ロングセラーとなった長野ワールドの原点、待望の新装復刊
**【2刷】1400円**

佐木隆三［文］　黒田征太郎［絵］
## 昭和二十年　八さいの日記　＊絵本
「ぼく、キノコ雲を見たんだ」。その少年は「おくに」のために死ぬ覚悟だった。当時八歳だった佐木隆三が少年の心象を記し、七歳だった黒田征太郎が渾身の気迫で絵を描いたヒロシマとナガサキ。平和と命への希求が描かれたいのちの絵本
**【2刷】1300円**

バーサンスレン・ボロルマー［作］　長野ヒデ子［訳］
## ぼくのうちはゲル　＊絵本
5年野間国際絵本原画コンクールグランプリ受賞　宿営地を求め、家畜と共に草原を旅するモンゴル・移動民の四季のくらし。心豊かに生きる人々の一年を細密な筆致で描く。日本語版から、英語・仏語・韓国語・中国語に翻訳出版
**【2刷】1500円**

山本作兵衛［画］　王塚跣［原作］
## 絵本　筑豊一代
作兵衛さんが描いた一坑夫の生涯――炭鉱で亡くなった、1万人をこえる坑夫の殉職者と、炭鉱で働いたすべての労働者の名誉と尊厳のために　**ユネスコ「世界の記憶」登録10周年記念出版**
**1500円**

のえみ［作］
## ちがうものをみている　＊漫画
特別支援教育に携ってきた著者が、子どもたちの生き生きとした日常を、それぞれの子どもたちの目線で描く。この子どもたちを知れば、世界はもっとゆたかになれる。――ちがうものが見えるって、すごくない!?　韓国でも翻訳出版
**1200円**

アンナ・チェルヴィンスカ-リデル［著］
## 窓の向こう　ドクトル・コルチャックの生涯
田村和子［訳］
〝子どもと魚には物事を決める権利はない〟――そんなポーランドの厳格なユダヤ人家庭に育ったコルチャック少年は、なぜ子どもたちのために孤児院を運営する医師となり、子どもたちと共にガス室に向かったのか?
**1500円**

＊読者の皆様へ　小社出版物が店頭にない場合は「地方・小出版流通センター扱」か「日販扱」とご指定の上最寄りの書店にご注文下さい。なお、お急ぎの場合は直接小社宛ご注文下されば、代金後払いにてご送本致します（送料は不要です）。